Christiane Duchesne

L'été
des tordus

Illustrations
de Marc Mongeau

la courte échelle

Les éditions de la courte échelle inc.

Les éditions de la courte échelle inc.
5243, boul. Saint-Laurent
Montréal (Québec) H2T 1S4

Conception graphique:
Derome design inc.

Révision des textes:
Odette Lord

Dépôt légal, 3e trimestre 1992
Bibliothèque nationale du Québec

Données de catalogage avant publication (Canada)

Duchesne, Christiane

    L'été des tordus

    (Premier Roman; PR 28)

    ISBN: 2-89021-176-2

    I. Mongeau, Marc.   II. Titre.   III. Collection.

PS8557.U265T67 1992   jC843'.54   C92-096063-4
PS9557.U265T67 1992
PZ23.D82To 1992

Christiane Duchesne

Née à Montréal, Christiane Duchesne travaille exclusivement pour les jeunes depuis une vingtaine d'années. Elle touche à tous les domaines: la télévision, le cinéma, la chanson, la traduction et la littérature. Elle a d'ailleurs publié plus d'une quinzaine de livres pour les jeunes.

En 1982, elle obtient le premier prix du concours d'oeuvres dramatiques de Radio-Canada. En 1990, elle remporte le Prix du Gouverneur général en littérature de jeunesse. Et en 1991, elle reçoit le Prix Alvine-Bélisle, décerné à l'auteur du meilleur roman jeunesse de l'année. Certains de ses livres sont traduits en anglais. La tête remplie d'idées, Christiane Duchesne ne compte pas s'arrêter, bien au contraire. Elle continue de faire ce qu'elle aime plus que tout, écrire.

L'été des tordus est le deuxième roman qu'elle publie à la courte échelle.

Marc Mongeau

Marc Mongeau est né à l'Île-du-Prince-Édouard, en 1960. Puis un jour, il commence à travailler sérieusement... tout en s'amusant. Depuis une dizaine d'années, il illustre des livres pour les jeunes pour des éditeurs du Québec et de l'Ontario. On peut aussi voir ses illustrations dans de nombreux magazines. Présentement, il est chargé de la conception des marionnettes et des décors d'une pièce de théâtre.

En 1991, il reçoit deux prix, le *Merit Award* du *Studio Magazine* et le *Bronze Award CAPIC*. Si on lui demande d'où lui vient ce goût de dessiner, Marc Mongeau parle de l'eau, du sable et du vent de l'île de son enfance; des pommes de terre rouges, des phoques et des homards...

L'été des tordus est le deuxième roman qu'il illustre à la courte échelle.

De la même auteure, à la courte échelle

Collection Premier Roman
Les tordus débarquent!

Christiane Duchesne

L'été
des tordus

Illustrations
de Marc Mongeau

la courte échelle

*À tous ceux et celles qui ont un jour
inventé quelqu'un...*

Avant-propos

Qui sont les tordus? Cinq minuscules personnes d'à peine trois centimètres qui s'appellent Alfred, Casimir, Gontran, Apolline et Zénon. Ils sont apparus une nuit sous l'oreiller de Christophe Thomas.

Depuis, ils habitent dans la chambre de Christophe et ils couchent dans une boîte en carton cachée sous son lit. C'est leur boîte à cinq lits.

Ils partagent leurs journées entre quelques mauvais coups et des moments où ils sont très sages. Les tordus sont tordus, mais ils ont des coeurs d'or.

Christophe ne saurait plus se passer d'eux: ils font partie de sa vie. Il faut dire que les tordus ne pourraient pas non plus se passer de Christophe.

Sont-ils chez lui pour toujours? Personne ne le sait vraiment. Mais pendant qu'ils sont là, Christophe en profite et il s'occupe de ses chers tordus comme un père pélican de ses petits.

1
Le cadeau
d'anniversaire

Cette année, à cause des vacances de février, nous fêtons mon anniversaire à la campagne. C'est bien, et c'est même très bien, car j'adore la campagne sous la neige.

Je suis toujours étonné de voir à quel point mes tordus pensent à moi. Je ne sais pas exactement comment ils ont fait pour savoir ce que je désirais comme cadeau d'anniversaire. Ils m'ont peut-être entendu en parler à mes parents?

En tout cas, ils me jurent qu'ils vont m'offrir un cadeau

extraordinaire, celui que je désire le plus.

Je me rappelle très bien avoir dit un jour: «Il faudrait qu'on pense à acheter de nouveaux poissons rouges. Peut-être pour mon anniversaire?» Si c'était ça?

Depuis presque une semaine, ils font toutes sortes de simagrées, ils sont excités et ils pouffent de rire dans mon dos. Je commence à les connaître, mes chers tordus, depuis le temps qu'ils me jouent des tours.

Le 15 février, trois jours avant mon anniversaire, c'est le grand départ, en pleine tempête.

Le vent souffle presque trop fort. La voiture avance lentement: nous traversons des murailles de flocons. Les tordus sont cachés au fond de ma poche, les yeux fermés, les mains sur les oreilles. Enfin, nous arrivons.

Pourtant, le soir du premier jour, je les vois entrer par la fenêtre de ma chambre à toute vitesse, les bottes pleines de neige.

— Pas un mot, chef! On va tout nettoyer. Mais pour le moment, on ne peut rien t'expliquer, dit Zénon. On est allés faire un tour.

— Mais vous savez bien que vous avez peur de la neige! Ne faites pas exprès pour sortir!

— Ça va, ça va, chef. On finit par s'y habituer.

Je décide donc de les espionner: décidément, ils ne sont pas comme d'habitude. Le 16, ils font passer un énorme colis par la fenêtre. D'où viennent-ils? Ils ne connaissent pourtant personne ici! Le 17, une drôle d'odeur flotte dans ma chambre.

— Alfred, quand vous êtes-vous lavé les pieds la dernière fois?

— Hier soir, chef. Nous avons pris un bain de pieds tous les cinq. Avec du savon, des bulles et de la poudre parfumée. On a tout ce qu'il faut dans nos balluchons.

Le matin de mon anniversaire, l'odeur est épouvantable. Ils bondissent sur mon lit en chantant *Zoup zoup nougat* qu'on chante chez les tordus à l'anniversaire de quelqu'un. Ils rient comme des fous en se pinçant le nez.

— Chef, on a un cadeau pour toi! Regarde!

Je vois alors sur le plancher le long colis qu'ils avaient fait entrer par la fenêtre. Il est joliment enveloppé dans un papier à rayures et orné d'un ruban doré.

L'odeur est insupportable. Elle vient du cadeau. Ils m'offrent peut-être leurs vieilles chaussettes? J'essaie de sourire, je défais le papier et...

Un saumon! Un saumon qui a eu très chaud pendant deux

jours, ici, dans ma chambre. Si au moins ils l'avaient laissé dehors dans la neige!

— Content, chef? C'est pour ton aquarium! Un poisson rouge géant. Mais il est rouge en

dedans seulement. On a bien cherché, mais pas un n'avait la peau rouge. Ça va aller quand même?

— Oui. Merci. Merci, mes chers tordus. Vous êtes tellement gentils. Mais je pense qu'on ne pourra pas l'installer dans l'aquarium.

Étonnés, ils s'assoient sur mes genoux pendant que je leur explique:

— D'abord, les poissons qu'on met dans un aquarium doivent être vivants.

— Oh! dit Alfred. C'est pourtant vrai! On n'y avait pas pensé!

Et je poursuis la leçon sur la vie des poissons d'aquarium, pour mes cinq tordus désolés...

— J'ai compris, s'écrie Gontran. Les poissons, il faut les

mettre en aquarium et seulement après, on peut les manger!

Je n'ai pas le droit de me fâcher. Ils ont voulu me faire
plaisir. Et puis, c'est mon anniversaire. La vie des poissons, ils
la comprendront bien un jour.

2
Les chandelles

Il faut croire que cette année, mon anniversaire est marqué par le mauvais sort. Après le coup du saumon, j'ai dû être dix fois plus gentil avec les tordus. Je ne voulais pas qu'ils se sentent trop mal à l'aise.

Ce soir-là, je décide donc de leur faire une immense faveur. Ils s'installent tous les cinq dans la poche de ma chemise. Ils me promettent d'être très sages et ils entrent avec moi dans la cuisine. Mes parents ne peuvent pas les voir.

Il y a tout ce que j'aime: de

la tarte aux tomates, des con-
combres au beurre, des bro-
chettes de pieuvre et un gâteau
au café. Sur le gâteau, il y a huit
longues chandelles et des
coeurs en chocolat.

Pendant tout le repas, je leur
glisse des miettes et des bou-
chées de tout. Je les entends
croquer discrètement. Je garde
les chandelles comme je le fais
chaque année. Et, une fois le
repas terminé, je vais jouer avec
mes cadeaux dans ma chambre.

— Chef, c'était très bon.
Surtout le gâteau, dit Apolline.

— Est-ce qu'on pourrait gar-
der les chandelles, mon petit
chef? demande Alfred.

Je leur donne les huit chandelles et ils vont se coucher.
Pendant que j'assemble la voi-

ture de course que j'ai reçue, j'entends une petite toux sèche. Avec le froid qu'il fait dehors et leur manie de sortir sans chapeau ni bonnet, ils ont fini par attraper un rhume!

Puis ce sont deux tordus qui toussent. Trois, quatre, cinq tordus qui toussent, qui râlent, qui gémissent. Vite, je tire leur boîte à cinq lits. À quatre pattes tous les cinq, ils crachent à s'arracher les poumons. Sont-ils en train d'étouffer?

— Alfred! Qu'est-ce qui vous arrive?

Alfred me fait des signes, incapable de parler. Je leur tapote le dos. Pas trop fort, ils sont si petits. Casimir est presque mauve. Il faut bien dix minutes avant que le premier soit capable d'articuler un son.

— Qu'est-ce que tu nous as donné là, chef!? fait Zénon, la voix rauque.

— C'est épouvantable! dit Casimir en crachotant.

— Mais qu'est-ce que vous avez mangé?

— Les chandelles, chef, rien que les chandelles! répond Alfred en se raclant la gorge.

Les chandelles! Et ce sont des miettes de cire qu'ils crachent en toussant assez fort pour se défoncer les poumons.

— Les chandelles, ça ne se mange pas!

— Même quand elles goûtent le gâteau au café? demande Apolline.

— On les lèche, c'est tout! Vous allez me dire que chez

vous, on mange les chandelles?

— Jamais! fait Alfred, horrifié. Parce que chez nous, elles ne goûtent jamais le gâteau.

Oh, mes tordus! Est-ce que j'arriverai un jour à vous comprendre complètement?

3
Le grand départ

Ce n'est pas toujours facile de comprendre le coeur des tordus. Ce qu'ils détestent un jour peut devenir une merveille le lendemain.

Lorsque je leur annonce, à la fin des classes, que nous retournons à la campagne cet été, ils boudent et ils décident de ne plus me parler.

Cette fois-ci, ils ne veulent pas vraiment partir de la maison. Je crois qu'ils ont peur du changement. Pourtant cet hiver, à mon anniversaire, ils s'étaient bien amusés.

Je dois leur faire mille recommandations avant de partir, car ils s'énervent, ils se fâchent, ils se disputent et ils passent leur temps à crier pour rien.

— Ça suffit! Ce que j'ai à vous dire est très important. À la campagne, l'été, il y a des mulots, des poules, des porcs-épics, des mouffettes, des oua-ouarons, des moutons et quatre chevaux. Il y a aussi des renards.

— Chef, tu veux notre mort! crie Zénon.

— Mais non, j'ai pensé à tout. Vous allez vivre en cage.

— Et pourquoi pas en prison! réplique Gontran.

Il rouspète toujours, celui-là!

— Je vais vous installer dans la cage de mon ancien cochon

d'Inde. C'est grand, c'est clair. J'ai même posé une moustiquaire pour empêcher les maringouins de vous piquer. Demain matin, avant de partir, on y déménagera vos lits.

— Et tes parents, chef, qu'est-ce qu'ils vont dire? demande Alfred.

— Ça, c'est mon problème.

— On te promet d'être très sages, s'écrient en choeur mes braves tordus.

— Mais on l'aime bien, ta chambre, ajoute Apolline, les larmes aux yeux. Ça va nous manquer.

— Mais non! Vous allez voir, la campagne, l'été, c'est extraordinaire!

***

— Pourquoi une cage? me demande ma mère dans la voiture.

— Au cas où j'attraperais des mulots.

— Pas question de les ramener en ville, dit mon père.

— Et ils vont coucher dans des lits, tes mulots? ajoute ma mère en riant.

— Oui, je veux les dresser.

— Écoute, Christophe, tes tordus, ça peut toujours aller. Mais des mulots dressés! Tu n'exagères pas un peu?

Au fond de ma poche, mes tordus rigolent tout le long du voyage. Mais lorsque nous arrivons enfin à la campagne, ils se taisent, impressionnés.

— C'est aussi beau l'été que l'hiver, me souffle Alfred, mais j'ai un peu peur. Ne le dis à personne: j'ai toujours peur des endroits que je ne connais pas beaucoup...

Comme la cage est très grande, je ne m'inquiète pas: ils auront assez d'espace. Le mieux, c'est d'accrocher la cage au plafond car là, les mulots ne pourront pas venir les embêter. Mais juste au moment où je suspends la cage, ils se mettent tous à hurler.

— Chef! On a le vertige!

— Je vais être malade! crie Apolline.

— Chef, Alfred est tout vert! Qu'est-ce qu'on fait?

J'abandonne aussitôt l'idée de la cage suspendue et je la dépose sur le plancher. Ainsi, dès le premier jour, je n'ai plus un

moment de paix: j'ai toujours peur qu'il leur arrive quelque chose.

Je leur fais faire de grandes promenades. Je les fais nager dans le lac, grimper aux arbres, goûter aux fraises, observer les champignons, les mousses et les lichens. Ils s'amusent.

À la campagne, ma chambre est très petite. Les tordus se sentent bien, tout près de moi.

Au bout de trois jours, ils ne parlent plus de la ville. Ils déclarent que la campagne, c'est la santé, la sécurité, le bonheur,

la vraie merveille. Et ils n'ont même plus peur des animaux.

Ils adorent la campagne. Mais pour moi, il n'y a plus de vrai repos. Je dois les surveiller jour et nuit. Tout pourrait arriver!

4
Les dangers de l'eau

Autant ils savent être charmants, mes tordus, autant ils peuvent me donner la frousse.

Un soir, quand ils sont bien sûrs que je dors, ils décident de partir sans faire de bruit.

Tout à coup, en pleine nuit, la voix d'Alfred me réveille.

— Chef! Au secours! À l'aide! Viens vite!

Alfred s'est écroulé sur le rebord de la fenêtre, il est à bout de souffle. J'ouvre plus grand et je vois en bas les quatre autres tordus pêle-mêle, sans connaissance, dans la vieille épuisette qui me servait à attraper les grenouilles quand j'étais petit.

Alfred agonise. Je le ranime du mieux que je peux et je le couche dans la cage.

Je cours dehors ramasser le filet et j'en sors mes tordus. Je les secoue, je leur tapote les joues, je leur pince le nez. Quand ils ouvrent les yeux, je les mets dans ma poche. Et je les ramène à la maison au pas de course.

— Au lit, mes pauvres petits!

— Christophe! fait la voix endormie de ma mère. Il est trois heures du matin! Qu'est-ce que tu fais debout?

— Je dors, maman. Je dors.

Je ne trouve rien de mieux à répondre. Je n'ai rien à dire, je ne peux pas donner d'explications.

Une fois couchés, les tordus

m'avouent tout: vers minuit, ils ont eu envie d'aller pêcher. Il y a de très gros poissons dans notre lac. Ils ont cru pouvoir en attraper un, mais ils sont tombés à l'eau, cramponnés tous les cinq au manche de l'épuisette.

C'est Alfred qui a réussi à les repêcher un par un. Et il les a ramenés à la maison avec le peu de forces qui lui restaient.

— On avait trop envie de manger du poisson, mon petit chef...

— Mais c'est le poisson qui vous aurait mangés, pauvres patates!

Je les ai tous sauvés. Ils s'en sont tirés avec un gros rhume.

***

Depuis qu'ils vont mieux, les pauvres tordus veulent se baigner dix fois par jour. Ils étouffent dans la cage du cochon d'Inde. Alfred me supplie de les laisser aller à la rivière.

— L'eau est plus froide, chef. Et le lac est devenu beaucoup trop chaud!

— Mais Alfred, vous n'êtes pas sérieux. Il y a du courant

dans la rivière, vous seriez emportés!

— Et les poissons, eux? demande Casimir. Ils s'en tirent bien, les poissons!

— Sortez-vous les poissons de la tête! Chaque fois que vous parlez de poissons, il arrive un malheur. Mon aquarium, l'année dernière, votre partie de pêche, il y a dix jours! Ça suffit!

Mais finalement, je dois céder une fois de plus à leurs caprices.

— Je vous avertis: vous vous baignez, mais dans la cage. Allez, on sort les meubles!

Je range les cinq lits sur une tablette. Les tordus rassemblent leurs petites choses dans les balluchons que j'ai déposés sur leurs lits.

— Vous n'allez pas vous

baigner tout habillés, quand même! Rangez vos vêtements, vous vous baignerez tout nus.

— Chef! crient-ils d'une seule voix. Tu n'y penses pas!

— Personne ne peut vous voir! C'est la nature sauvage ici, il n'y a personne. Qui peut bien se soucier de dix petites fesses comme les vôtres?

Scandalisés, insultés, les tordus! Ils défendent leurs fesses. J'ai beau rire d'eux, rien à faire. Ils ne veulent pas enlever leurs caleçons.

Je dépose la cage près du rivage, avec de l'eau à mi-hauteur.

— C'est mieux dans la rivière que dans le lac! dit Casimir. Avec le courant, c'est bien plus amusant!

— C'est très amusant, chef!

approuvent-ils en choeur. Merci, merci, merci!

Ils nagent en chantant, s'entraînent à plonger, font mille acrobaties et rient beaucoup. Moi, je les surveille.

— Attention, chef! Dans les histoires, il y a toujours quelqu'un qui voit un papillon et qui se met à courir après. Il se perd et même si ça finit bien, il y a des moments très énervants. Ne regarde pas les papillons, chef!

Non, je ne regarde pas les papillons. Et ce que je vois me terrorise. Plus haut sur la rivière, il y a un barrage. Quelqu'un a dû vouloir en nettoyer les grilles...

Parce que tout à coup, la rivière se gonfle, déborde et emporte tout sur son passage. La cage du cochon d'Inde disparaît

sous mes yeux avant que j'aie le temps de l'attraper.

Je n'entends même plus les voix de mes tordus. La cage saute comme un bouchon, elle s'enfonce sous l'eau et elle remonte à l'endroit où on s'y attend le moins.

Impossible de marcher sur les pierres couvertes de mousse. Je glisse, je m'écorche les pieds et les mains. Je pleure, je crie, j'appelle au secours.

Je cours comme un fou tout le long du ruisseau, convaincu que jamais plus je ne reverrai mes tordus.

***

Je n'ai jamais trouvé que les moutons étaient des animaux

très intelligents. Mais il faut croire qu'il y a au moins un mouton de génie sur la terre.

Il buvait à la rivière, un peu plus bas. La cage a rebondi sur sa tête et le cher mouton l'a repoussée sur le rivage d'un coup de museau.

Les tordus sont sains et saufs. Ils ont eu la bonne idée de s'accrocher aux barreaux de la cage pour éviter d'être assommés. Mais ils ont tous perdu leurs caleçons.

5
Le chien

Un jour, j'ai décidé de leur montrer à observer les nuages. Depuis, ils les regardent pendant des heures et ils y voient toutes sortes de choses. Des girafes, des lions, des éléphants, mais surtout des chiens.

— Nous, on adore les chiens, n'est-ce pas, Zénon? dit Apolline en regardant les nuages, couché dans l'herbe.

— On ne les adore pas, on les *suradore!* répond Zénon.

— Vous les *suradorez?*

— Oui. Ça, c'est quand on aime quelque chose plus que tout.

— Vous aimez vraiment les chiens?

— Bien sûr, dit Alfred. Chez nous, tout le monde aime les chiens.

J'imagine que chez les tordus, on trouve des chiens miniatures d'un centimètre de hauteur.

— Mais non, chef, s'exclame Zénon, les chiens, c'est très gros.

— Et vous n'avez pas peur?

— Jamais de la vie, ils sont si gentils! dit Gontran.

Moi aussi, j'adore les chiens. Je les adore tellement qu'à la campagne, j'emprunte souvent le chien de la voisine. C'est un énorme terrier frisé qui s'appelle Lazare.

Depuis que les tordus passent les vacances avec moi, je n'emprunte plus jamais Lazare. Il

pourrait les avaler tout ronds.
Mais comme ils disent qu'ils ai-
ment les chiens, je cours tout de
suite chez la voisine. Je reviens
triomphalement, le gros Lazare
devant moi.

— Papam! Un chien pour vous!

Les tordus deviennent verts de peur d'un coup sec. Lazare se met à aboyer très fort. Il bondit partout et j'ai toutes les peines du monde à le retenir.

— Il bouge!!! Le chien bouge! hurlent les tordus.

Il bouge! Bien sûr qu'il bouge! Il tire, il jappe, il saute et il tente d'attraper les tordus qui courent dans tous les sens.

— Au secours! Au monstre! Tout le monde dans la cage! crie Alfred.

Moi, j'en profite pour éloigner le chien et je le ramène aussitôt chez la voisine. Je lui expliquerai plus tard. Quand je reviens, les cinq tordus sont blottis, tremblants, au fond de leur cage.

— Sortez de là et venez m'expliquer!

— Oui, chef, fait Alfred d'une toute petite voix.

Il sort de la cage en regardant à gauche et à droite, comme si le chien était encore là.

— Chez nous, les chiens, ça ne bouge pas. C'est pour ça qu'on les aime. Ce sont de gros chiens blanc et noir en porcelaine. Ils sont très, très vieux, tout craquelés. Même qu'il manque la queue du plus noir. Nous en avons trois. Et quand on monte dessus, c'est l'aventure. Ça glisse, c'est drôle et...

Je comprends une fois de plus qu'entre les tordus et moi, il y a d'énormes différences.

Gontran, Apolline, Zénon et Casimir viennent me voir, tout

bouleversés. Ils tremblent encore.

— Tu nous jures, chef, que
le monstre ne reviendra pas?

— Je vous le jure, pauvres
tordus.

6
La leçon
de parachutisme

Quand on n'est pas plus grand que le petit doigt, on n'est pas très lourd.

Les tordus pèsent environ trente grammes chacun. Ils ne sont pas plus lourds qu'une bobine de fil. C'est ce qui a fait germer dans ma tête cette idée de génie: donner une leçon de parachutisme à mes chers tordus.

De ma fenêtre au sol, il n'y a même pas un mètre. J'enjambe le bord de la fenêtre pour aller dehors.

Pour les tordus, c'est la grande aventure. Jamais de leur vie, ils n'ont entendu parler de parachutisme. Ils sont tous très excités.

Fabriquer des parachutes, c'est la chose la plus simple du monde. Mais il me faut au moins trois heures pour tout préparer et les tordus s'impatientent sur le rebord de ma fenêtre.

— Comme des oiseaux, chef? On va vraiment voler?

— Pas tout à fait. Disons que vous allez tomber en douceur.

— Mais Alfred a toujours le vertige! grogne Gontran.

Décidément, celui-là, il a le don de dire la mauvaise chose au mauvais moment. Mais Alfred me regarde d'un air très fier.

— Aujourd'hui, je combats mon vertige. Vous allez voir ce que vous allez voir! dit Alfred en bombant le torse.

Zénon saute le premier. C'est un saut parfait, technique impeccable, atterrissage contrôlé. Et applaudissements!

Casimir ne peut pas s'empêcher de pousser Gontran dans le dos, ce qui provoque des hurlements de terreur. Le pauvre Gontran atterrit pourtant bien, mais sans plaisir.

Apolline et Casimir se tordent de rire. Ils sautent en même temps, en se tenant par la main. Leurs parachutes s'emmêlent et ils arrivent au sol étouffés de rire, et sans se faire de mal.

C'est au tour d'Alfred.

— Courage, Alfred. Courage. Vous avez vu? C'est facile!

— Je voudrais bien t'y voir,

mon petit chef! fait-il d'une voix sourde.

Alfred saute. Sauf que...

Sauf qu'un coup de vent l'emporte dans les airs au lieu de le faire descendre. Le pauvre Alfred monte en se démenant comme un diable.

Il hurle tous les gros mots du vocabulaire des tordus jusqu'à ce que son parachute se prenne dans la dernière branche du pin. Il ne veut surtout pas que j'aille le chercher.

Il se débrouille tout seul. Et bravement, il saute encore, du sommet du grand pin! Je le reçois entre mes mains et je l'embrasse très fort. Il en profite pour me glisser à l'oreille:

— Chef, j'ai encore le vertige. Mais il ne faut surtout pas

le dire aux autres.

Il est vert comme chaque fois qu'il a peur. Moi aussi, j'ai eu très peur. Les quatre autres tordus ne se sont aperçus de rien. Ils sont tous prêts pour un deuxième saut.

7
Les clés

— Mais ça ne disparaît pas comme ça! crie mon père.

— Deux trousseaux de clés le même jour, c'est impossible! dit ma mère. On ne peut pas rentrer en ville sans clés! Christophe, peux-tu nous prêter les tiennes?

Je ne trouve pas mes clés. C'est le dernier jour à la campagne et je n'ai pas envie de chercher. J'ai assez des bagages.

— Tu ne trouves pas tes clés! Évidemment, ta chambre a l'air d'un zoo! dit mon père en fermant les yeux en signe de désespoir.

— Elle est très propre, ma chambre! Plus personne n'a de clés?

Ma mère me regarde d'un drôle d'air.

— C'est bizarre, non?

Je préfère me taire. Quand il y a quelque chose de bizarre, c'est un coup des tordus.

— Et les doubles? demande mon père.

Mais les doubles des clés ont également disparu. On ne peut pas rentrer en ville!

Je monte dans ma chambre pour parler à Alfred. Pas d'Alfred, pas de Gontran non plus, ni d'Apolline, ni de Zénon, ni de Casimir. Pas de clés, pas de tordus? Il y a un rapport évident!

Qu'est-ce qu'ils peuvent bien faire de nos clés? L'inquiétude me ronge le coeur. Peut-être qu'ils ne veulent plus quitter la campagne? Qu'ils ne veulent plus jamais rentrer en ville?

Et s'ils avaient voulu s'enfuir sans que je les poursuive? S'ils préparaient le mauvais coup du siècle? Est-ce qu'ils oseraient dévaliser une banque? Mon coeur bat si fort que je l'entends dans mes oreilles.

Je tremble de peur pour mes affreux tordus. Ils ont le don de ruiner la fin des vacances!

Je pleure de rage et d'inquiétude. Mais quand mes larmes s'arrêtent, j'entends une musique très étrange. Les dents serrées, j'enjambe la fenêtre et je me mets à suivre le son comme on renifle une odeur.

Ils sont là! Cachés sous le

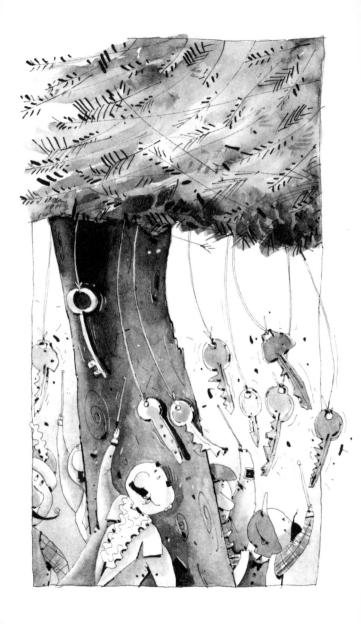

grand pin, les yeux fermés, des sourires d'ange sur le visage, ils jouent en canon un air magnifique sur les trente-deux clés de la famille. Ils ont monté les clés sur des fils attachés aux premières branches.

La musique est si belle que je m'arrête net, incapable de me fâcher. Alfred me fait un clin d'oeil. C'est le plus beau concert de toute ma vie.

La seule solution, encore une fois, c'est de dire à mes parents que je suis l'unique responsable de la disparition des clés. Puis de leur montrer le carillon et d'en jouer doucement en espérant qu'ils soient séduits comme moi par la musique... Je ne peux pas trahir mes tordus!

Juste avant la fin...

Au moment de partir, les tordus me supplient de rester. Ils ont fini par trop aimer la campagne, hiver comme été. À la campagne, ils ne s'ennuient jamais. En ville, ils ont souvent les larmes aux yeux quand je pars pour l'école.

Ce soir, même s'ils m'ont souri avant de s'endormir, je sais qu'ils ont pleuré. La poche de ma chemise, dans laquelle ils voyagent, était toute mouillée de leurs petites larmes...

Dormez bien, mes tordus, et rêvez aux vacances!

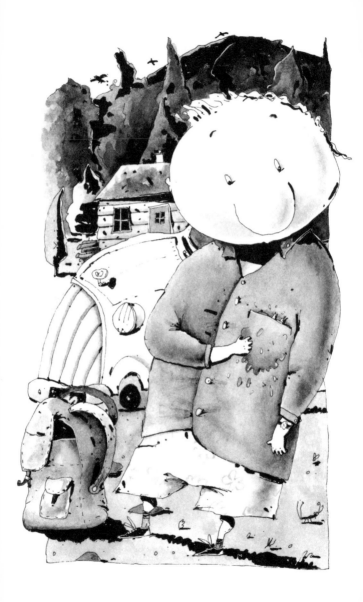

Table des matières

Achevé d'imprimer
sur les presses de Litho Acme Inc.